KB130705

청어詩人選 332

물빛 고운
편지 한 통

이
상
예 시
예 집

청어

물빛 고운 편지 한 통

이상예 시집

시인의 말

부족한 글을 모아

생에 첫 시집을 준비하면서

참 많은 사람들을 번거롭게 했다.

귀찮은 내색 하나 없이

그들의 진심 어린 칭찬은

나를 춤추게 하고

또한 꼿꼿하게 나를 세웠다.

소박한 밥상머리에 둘러앉아

반주도 권하는 밥 한 끼로

내 고마운 마음과 존경을 표현하고 싶다.

오늘 같은 내일이라도

샘물 가족과 함께라면 실컷 살아 볼만 하리라.

2022년 이른 봄날

이 상 예

차례

2부 성숙

3부 계절을 노래하다

4부 겨울 동화

5부 다시 봄

6부 사랑하는 사람들

축사

물빛 고운
편지 한 통

1부

요즘 사람들

삭제 중 1

한가로이 늦은 아침
알람처럼 울어대는

미세먼지 주의문자
신용대출 광고문자

삭제 중
시작과 끝 사이
내가 바라는 네 문자 하나

삭제 중 2

시작부터 끝까지
글머리 없는 광고들

멍 때리다 눌린
누군지 모를 주소창

삭제 중
저장도 안 된
알 수 없는 번호들

내 생일

생일아침 미역국 대신
전화 두 통 딸랑 문자 하나

살기 바쁜 코빼기들
생색만 낸 지난 주말

빈 둥지
뭉개진 케익만
깨작깨작 헛손질

배달의 민족

야식책자 넘겨보다
울컥대는 헛헛한 속

1인분 주문전화
거절당해 서러운 속

왈왈왈
옆집 배달소리에
대박이가 대신 항의한다

경쟁자들

할켜대듯 달겨드는
쇳소리 거친 숨

등 뒤에 매달리는
시뻘건 눈동자들

한 끗 차
뒤 볼 새 없이
애먼 너를 찌른다

혼잣말 중

금붕어 먹이 주며
벤자민 잎 닦아주며

오늘도 어제처럼
혼잣말로 여는 아침

잘 잤니
햇살 참 좋지
대답 없는 혼잣말 중

한 달을 살았다

서른 낮 서른 밤이
자고나면 꿈인 듯

날아드는 고지서
헛웃음만 날리는데

목구멍
포도청이라
달거리를 앓고 있다

무관심

총칼 없는 전쟁터에
벙어리 냉가슴 앓듯

별일 없는 일상 속엔
가해자 없는 피해자뿐

시치미
뚝 떼어먹고
우린 서로 완전범죄

배부른 한 마디

끼니 챙길 여유 없이
숨이 차는 종종걸음

허기진 몸뚱이가
긴 하루에 지쳐갈 쯤

밥보다
배부른 한 마디
'고맙습니다' '수고하세요'

쉬운 방법

핑계 속에 묻힌 마음
각개봉투로 장전 완료

면목 없이 내민 두 손
마파람에 게 눈 감추듯

멋쩍게
들켜버린 속
마주친 눈 경계해제

긴 하루

열나절 하릴없이
졸가리가 되어가는

심심한 입 달래볼까
생라면을 자밤자밤

긴 하루
익숙한 맛은
어색하게 길든다

2020 낯선 봄 (코로나 19) 1

이물 없는 내미손
익숙하게 다가온 봄

성난 부사리에
저 혼자 피고 진 봄

낯선 봄
물색없는 놈
노닐다 간 철없는 놈

2020 낯선 봄 (코로나 19) 2

전하고픈 인사말은
마스크에 가려져

마중도 배웅도 없이
저 혼자 다녀간 봄

낯선 봄
곱게 미친 놈
얄밉도록 고운 놈

2021 낯선 봄 (코로나 19) 1

하수선한 세월에
태연히 선물처럼

사뿐히 나풀대다
슬그머니 묻는 안부

괜찮아?
토닥이는 봄
낯설지 않은 낯익은 봄

2021 낯선 봄 (코로나 19) 2

손사래 치는 실바람
상처마다 불어와

연둣빛 고운 물
가슴마다 물들여

머물러
함초롬한 봄
낯설지 않은 낯익은 봄

2부

성숙

마중

설렘도 애태움도
잊고 산 지 오래건만

명치끝 짓누르는
쳇증 같은 지난 세월

지천명
시나브로 와
불혹을 유혹한다

늦어버린 인사

당신의 부음을
태연히 전해온

며칠째 꺼져 있던
전화기 주인은

동트는
시린 아침 창
붉게붉게 물들인다

기다림의 끈을 놓고
그리움만 품어 안아

푸른 빛을 가르며
내 창으로 오셨을까

마지막
인사로 대신한
'당신을 사랑합니다'

첫사랑

눈물 마른 자국 위에
썼다 지운 흔적까지

고스란히 접은 채로
주머니에 넣었다가

쿵쿵쿵
심장 소리에
꼬깃해진 첫사랑

이별도 사랑처럼

시시콜콜한 사랑이라
이별이 질긴 걸까

꼬여진 실타래로
얼기설기 엉킨 마음

연습도
복습도 없는
이별도 사랑처럼

시집간다

울고불고 보채기만
애태우며 안고 업고

고된 낮밤 고스란히
애미 품에 안겨두고

웃는다
하얀 면사포
애처로이 어여쁘다

배웅

잔설들이 마중 나온
시간마저 게으른 곳

신병 교육생 대열 맞춰
연병장에 들어서고

시리다
뜨겁게 시린
베인 맘도 줄을 선다

너를 보내며

연습하듯 다짐하며
마음잡아 추스르고

헤어짐도 익숙한 척
손짓으로 널 보내고

넋 없이
눈바래기 중
사라진다 가뭇없다

짝사랑

카페에서 공원에서
출퇴근하는 버스 안에서

깜빡이는 보행신호
횡단보도 건너다가

우연히
마주친다면
가슴만 떨어도 좋을 텐데

시인의 하루

끼니를 놓치고
빨랫감이 쌓이고

진동전화 받지 못해
재촉문자 넘쳐나도

붓끝에
매달린 시어들
툴툴 털어 널어봐야지

꿈꾸는 섬

억만년의 그리움이
뭍으로 솟았는가

하늘을 머리에 이고
바다를 빙 두르고

달빛에
오롯이 홀로
억만년을 꿈꾸는 섬

이별 후에 1

웃어도 눈물 나는
혼자라서 좋은 날

눈부신 햇살 아래
그리운 맘 펼쳐 널어

한여름
뙤약볕 사랑
가을 아래 묻는다

이별 후에 2

또각또각 초침소리
빈 어둠 속을 걸어

기억을 끄집어내
조각조각 늘어놓고

찰나에
스쳐간 바람
볼품없는 흑백 영화

이별 후에 3

아무것도 묻지 않기
모르는 척 지나가기

흐느끼는 어깨 위에
손 한번 얹어주기

사랑은
아플 만큼 아파야
미련 없이 이별한다

꽃이었을까 가시였을까

꽃을 닮은 그 입술에
가시 돋친 한마디

앙금으로 내려앉아
엉그름이 되었을까

묻는다
꽃이었을까
또 묻는다 가시였을까

낮술 탓이야

버석버석한 길섶에
허우룩한 그림자

길게 누운 해거름
길게 뻗은 꽃그림자

괜찮아
낮술 탓이야
허물없이 넌 피고진다

3부

계절을 노래하다

여름이 화들짝

삼복더위 식혀주는
바람 한 점 고마운 날

매미소리 장단 맞춰
콧노래도 흥겨운 날

쩍 가른
수박 소리에
화들짝 여름이 열렸다

토렴하는 여름

터질 듯 목청 높여
제 일하는 매미소리

햇발에 아그데 아그데
도도한 붉은 여름

갈맷빛
한 모금 삼켜
풀빛숨으로 토렴한다

비마중

후끈한 숨 버겁도록
흙냄새만 자욱한

곰살궂은 여우비에
애꿎게 된 서늘맞이

호랑이
장가가는 날인가
비마중이 어슬프다

개망초

별지는 그 새벽에
풀밭 가득 콕콕콕

쏟아지는 별무리를
누가 몰래 심었을까

꽃웃음
하얗게 부서져
녹음 속에 눈부시다

붉은 유혹

양은주전자 팔에 걸고
붉은 여름 훔치러 간다

가시 찔린 여린 손등
송골송골 핏물 자국

산딸기
붉은 유혹에
붉게 물든 새 원피스

채송화

송이마다 별꽃들이
옹알종알 속살대다

도토리 키 재듯
별바라기 기웃대다

할머니
헛기침 소리
꽃잎 놀라 숨어든다

그해 여름밤

두 눈 가득 쏟아질 듯
은하수가 흐르던 밤

할머니 무릎 베고
옛날 얘기 듣던 밤

꽃잎을
감아둔 손톱
밤새도록 아렸던 밤

입맛도 참

입 짧으신 울 아부지
여름내 즐긴 단출한 한 끼

얼음 동동 설탕물에
국수 말아 후루룩

가난도
입맛에 배여
추억으로 들이켠다

가을 안부

봄빛 젖은 초록 꿈도
무서리에 시들고

아픔도 붉어져서
추억으로 어여뻐라

잘있지
갈바람 끝에
실어 보낸 너의 안부

파로호 가을 들다

하늘이 내려 앉아
깊어진 가을 호수

절로 나는 휘파람에
물결이 들썩이고

바람도
하늘을 흔들어
조각구름 띄운다

잠 못 드는 밤

자작자작 잦아드는
가을 깊은 새벽비

입김 불어 새겨놓은
설레던 이름 하나

귀뚜리
소리를 타고
자박자박 걸어온다

머물다 간다

눈웃음에 걸리던
널 닮은 초승달

손끝마다 묻어나는
널 닮은 들국화 향

가을이
몽실몽실 피어
찻잔 가득 머물다 간다

가을 선물
−국화차

찻잔 속 가을이
다소곳이 피어나고

배시시 눈웃음은
손안 가득 따스하고

빛 고운
한지 속 선물
그녀인 듯 향기롭다

음악으로 저물다

한나절 수고한
들바람 산바람을

다독이며 잠재우려
휘파람 부는 저녁하늘

브람스
피아노 선율에
해거름이 붉어진다

4부

겨울 동화

바람

섣달그믐 눈 오는 밤
동짓죽 한 술 주문 같은 바람

겨우내 눈이 많이 내려야
내년 농사가 수월하지

새알심
나이만큼 먹어라
병치레도 잡귀도 막는다

아침 한 술

큰 창 가득 비쳐드는
겨울아침 햇살무리

곧추세운 까치발
늘어지는 하품소리

햇살을
접시에 담아
아침 한술 뜨고 싶다

봄을 사랑한 겨울

짧은 만남 긴 이별이
눈물겹게 안타까워

마지막 작별 인사
몸부림이 애절한

춤춘다
휘몰아 나린다
봄빛속 겨울나비

홍시빛 놀은

언 강에 덤벙덤벙
홍시빛 놀은 겁도 없이

짓궂은 고추바람
꽁지를 물고 놀고

도둑눈
홍시빛 들어
꽃잎으로 나뒹군다

눈꽃

우수경칩 철모르고
꽃인양 피었구나

남풍이 머지않으니
이내 스러질 꽃이여

한순간
피었다 지는 너도
춘삼월 꽃이었노라

놀다보면

사방치기 구슬치기
끼니 때 잊고 놀다 보면

허기진 겨울 해가
먼저 지쳐 스러지고

금자야
저녁 먹어라
금자엄마가 판을 깬다

겨울밤

군불에 그슬린 아랫목
꼼질꼼질 시린 발들

화롯불에 묻은 고구마
꿈뻑꿈뻑 기다리다

발그레
볼마다 핀다
까뭇까뭇 하얀 웃음

엿 달이는 날

부뚜막을 지켜선 채
기다리다 지친 아이

꼬박 이틀 졸여지는
가마솥 단내에

빨간 엿
볼 빨간 아이도
기다림에 데였다

겨울 아침

쇠죽 쑤는 겨울 아침
아궁이 앞 늘어진 백구

부지깽이 장단에
재촉하는 누렁소

여물내
안개 피듯 날아
구수한 겨울 아침

달달한 겨울

처마 끝 얼음열매
주렁주렁 열어

별빛맛 달빛맛에
겨울밤이 익어가면

혀끝에
녹여 먹었던
입 안 가득 달달한 겨울

5부

다시 봄

우리가 봄이 되어

우리가 봄이 되어
퍼르퍼르 날리던

꽃잎으로 풀잎으로
우리가 봄이 되어

봄 물든
몸짓들 마다
감겨드는 웃음소리

세월을 짊어진
시를 닮은 뒷모습

진달래꽃 그늘 아래
그림자로 숨었다가

사월 밤
향기로 적는다
우리가 봄이 되어

편지 한 통

이른 새벽 잠 깨우는
수다스런 빗소리

입춘 절기 마중 나온
때깔 고운 빗방울

봄이야
긴 강에 풀어놓는
물빛 고운 편지 한 통

봄밤

별빛 담은 물빛 가득
꽃빛 담은 눈빛 가득

숨 막히게 내는 탄성
석촌호수 봄밤 풍경

침묵도
노래로 흘러
밤늦도록 맴을 돈다

봄물 들겠네

봄비에 소록소록
함빡 젖은 꽃망울

가지마다 앙증맞게
올망졸망 피었구나

아이야
꽃 따먹은 네 입술
금방 봄물 들겠네

봄풍경

골목마다 개나리
폭포수로 쏟아지고

복사꽃 실바람에
아지랑이 너울대니

새색시
수줍은 미소 닮은
봄볕살이 고와라

봄마중

대문 활짝 열어놓고
사르락 사르락

고운님 오시는 길
비질손이 분주한데

꿈꾸듯
꼬물거린다
속울음찬 버들가지

벚꽃 1

몸살을 앓았는지
열꽃처럼 피었구나

솜털 같은 봄 햇살에
간질간질 웃음소리

아이들
웃음꽃 터져
아우성대는 꽃길

벚꽃 2

뜨겁게 꽃심 품어
새까맣게 태운 제 몸

동지섣달 꽁꽁 얼어
청명날만 기다리다

꽃 · 불 · 똥
폭죽 터지듯
숨 막히는 꽃뭉텅이

봄이 웃는다

솔씨 같은 봄비가
솔솔 내려 토닥토닥

간지러운 햇살에
쏙 내민 연둣빛 새싹

한 자락
남실바람에
온몸으로 웃는 봄

나비의 꿈

봄볕 아래 민들레꽃
만나보고 싶은 거야

좁고 어둔 껍질 속에
죽은 듯이 숨 쉰 것은

새처럼
하늘 드높이
날아보고 싶은 거야

너울대는 봄

봄 마실 온 아기별님
노닐다 간 자리마다

향기라도 들킬세라
수줍수줍 피어오른

은하수
배꽃송이들
너울대며 부대낀다

달콤한 이별

날 선 목소리도
꽃잎으로 날아오고

글썽이는 두 눈 가득
꽃그늘이 번져온다

사랑아
이별을 말하는
그 입술도 달콤하다

6부

사랑하는 사람들

가르마에 피는 꽃 1

밭고랑새 밭이랑은
어머니의 가르마

헛깨비등 타고 노는
봄햇살이 여물 때

씨감자
봄눈을 심으면
하얗게 피는 가르마 꽃

가르마에 피는 꽃 2

해를 따라 분주한
어머니와 해바라기

소낙비에 흠뻑 젖어
방울방울 피어난 꽃

가르마
곱게 핀 방울 꽃
늦바람이 만져준다

물든다

여름내 고추농사에
주름골만 하얀 얼굴

서리태콩 느긋이
키질하는 거친 손

물든다
굽은 등까지
단풍인 듯 노을인 듯

사부랑사부랑

웃음가마리 허수아비
배동바지 때 사부랑사부랑

거섶에 막걸리 한 잔
비나리도 싸부랑싸부랑

등걸잠
솔개그늘 아래
잠꼬대도 사부랑사부랑

한량의 자존심

한량인 농사꾼의
마지막 자존심일까

빳빳한 와이셔츠
날 선 바지만 고집하는

여든 살
우리 아버지
논에 물꼬 트러 간다

전화통화 1

마스크 꼭 쓰고 다녀라
사람들 조심하고

코로나 무서워서
오란 말도 못하겠다

청국장
바글바글 끓여
밥 잘 먹고 잘들 지내라

전화통화 2

풍금 같은 엄마 목소리
뭐하니 밥은 먹었니

펜션 알바 하고 왔다
동삼엄마랑 준호엄마랑

목소리
백점인 엄마
듣기평가 빵점이다

전화통화 3

목마른 놈이 샘 판다고
전화들도 안 하니

또 내가 졌다 내가 졌어
애들이랑 이번 주에 와라

짜장면
탕수육 쏠게
알바비 받았으니까

강냉이 꽃다발

가을볕에 데굴데굴
단물 배인 옥수수알

장날이면 자루에 담아
팔랑대며 날 듯 달려

뻥이요
강냉이 꽃다발
선물처럼 품고 왔다

이름이 모야

할머니등에 업혀 듣던
둥개둥개 노래보다

호랑이 흉내 겁먹은 채
귀재던 옛날애기보다

할머니
이름은 모야
그리움이 철 들게 한다

할머니랑 강아지랑

할머니 할머니는
언제부터 할머니였어

할머니는 우리 강아지
만나고부터 할머니였지

초승달
방아 찧던 토끼도
한소끔 쉬어간다

할머니 18번

말보다 먼저 배운
동백아가씨 여자의 일생

들을수록 좋다던
내가 부르는 할머니 18번

할머니
봉분흙 다지며
섬마을 선생님을 불렀다

전생에 나는

차가운 길 위에서
한없이 작고 여렸던

수만 번 스친 인연
가족으로 품은 사랑

대박아
전생에 나는
이승의 너였을지도

소식

담뱃집 딸 미경이는
지난봄 사위를 봤고

옆집 살던 경미는
손주까지 안았다는데

짐벙진
소꿉장난에
사는 맛도 삼삼하다

삼례네

호두나무 그늘 아래
두 평 남짓 평상 위

고추 상추 오이 가지
볕이 익은 조촐한 밥상

오뉴월
풀내음 한 끼
풋여름이 푸짐하다

친구 안부

5남매 중 늦둥이들
연년생인 4번과 5번

친구보다 더 궁금한
늦둥이들 개구진 일상

힘들다
하소연 없이
목청 커진 친구 웃음

고골에 그녀가 산다

허름한 청바지
끈 떨어진 운동화에

빗질한 흔적 없는
덥수룩한 까치머리

그녀가
고골에 산다
남한산성 북문 아랫말

예술가인 듯 연예인인 듯
주춤거리며 기웃거리는

사람냄새 술냄새
하루가 멀게 배어나는

고골에
그녀가 산다
남한산성이 제 것인 양

축사
———

시집 출간을 축하하며

서재환(시조 시인)

　이상예 시인과의 인연을 말하자면 약 20년 전 쯤으로 거슬러 올라가야 한다.

　그 무렵 나는 여기저기 시강을 하고 있었고, 그때 이상예 시인을 만났었다. 그런데 20여 년이 지난 지난 겨울 뜻밖에 이상예 시인이 시집을 내겠다고 연락을 해왔다. 그것도 시조집을 내겠다고 원고를 내밀며 서평을 부탁해 더욱 의외였다. 사실 이상예 시인이 시조를 쓸 것이라고는 전혀 생각하지 못했기 때문이다. 시조를 쓴다는 것은 '쉬운 길 놔두고 애써 어려운 길로 가는' 것과 같다고 생각한다. 적어도 나의 경험으로 비추어볼 때는 그렇다. 그런데 이상예 시인이 시조를 쓴다고 하니 일단은 그 용기와 도전을 격려하는 의미로 시인의 청을 받아들여 서평대신 격려와 축하의 글을 쓰는 것이다.

그의 시 편들을 살펴보았다.

열나절 하릴없이 졸가리가 되어가는
심심한 입 달래볼까 생라면을 자밤자밤
긴 하루 익숙한 맛은 어색하게 길든다

-「긴 하루」

초, 중, 종장 상의 전개가 유연하게 흘렀다. 과감한 생략
으로 남은 말을 장과 장 사이에 묻고 자연스럽게 다음 장,
그 다음 장으로 건너 뛴 걸 보면 형식과 내용을 다루는 솜
씨가 예사롭지 않다. 더욱 발전하리라는 믿음을 준다.

풍금 같은 엄마 목소리 모하니 밥은 먹었니
펜션 알바 하고 왔다 동삼 엄마랑 준호 엄마랑
목소리 백점인 엄마 듣기 평가 빵점이다

-「전화통화 2」

뭐랄까, 능숙한 요리사랄까, 이것저것 음식이 될 것 같지
도 않은 재료들을 손에 닥치는 대로 가져다가 넣고 주물주

물 해서 뚝딱 맛있는 반찬을 만들어내는 요리사. 자신감을 넘어 여유가 느껴지는 요리사의 면모가 느껴진다. 동시에 이상예 시인의 개성과 성정이 느껴지는 작품이기도 하다.

군불에 그슬린 아랫목 꼼질꼼질 시린 발들
화롯불에 묻은 고구마 꿈뻑꿈뻑 기다리다
발그레 볼마다 핀다 까뭇까뭇 하얀 웃음

—「겨울밤」

50대 이상의 세대라면 누구나 한 번쯤은 경험 했을 어린 시절을 추억하는 회상의 시다. 그러나 한 편의 시조로는 손색없다. 선명한 이미지에 힘입어 누구나 읽으면 절로 옛 생각이 떠오르게 하는 작품이다. 할머니나 엄마 세대를 모르는 요즘의 어린이나 학생이 감상하면 좋을 듯하다.

작품들을 살피면서 이상예는 시인 종자라는 생각을 했다. 노래를 좋아하고 그것으로 밥을 먹고 사는 음악인이지만 애당초 그는 시인 종자였던 것이다. 시인 종자가 시를 쓰고 시집을 내게 된 것이니 자연스런 일이다. 기초도 이만큼 닦았으면 앞으로 더 좋은 작품들을 기대해도 될 것 같다.

그러고 보면 음악이든 미술이든 연극이든 예술 분야의 끼가 있는 분들은 대체로 다른 종류의 예술 분야에도 쉽게 접근하던데 이상예 시인이 그와 같다는 생각이 든다. 아무튼 첫 시집은 이상예가 이 세상에 시인으로 나섰다는 선언의 의미로 만족하고 부족한 것은 지금부터 부지런히 채워 다음엔 더 좋은 시집으로 시인으로의 존재감을 널리 획득하기 바란다. 날로 일취월장하리라 기대하면서 축하의 글을 마친다.

물빛 고운 편지 한 통

이상예 지음

발 행 처 · 도서출판 청어
발 행 인 · 이영철
영   업 · 이동호
홍   보 · 천성래
기   획 · 남기환
편   집 · 방세화
디 자 인 · 이수빈 ㅣ 김영은
제작이사 · 공병한
인   쇄 · 두리터

등   록 · 1999년 5월 3일
(제321-3210000251001999000063호)

1판 1쇄 발행 · 2022년 5월 30일

주소 · 서울특별시 서초구 남부순환로 364길 8-15 동일빌딩 2층
대표전화 · 02-586-0477
팩시밀리 · 0303-0942-0478

홈페이지 · www.chungeobook.com
E-mail · ppi20@hanmail.net
ISBN · 979-11-6855-038-4(03810)